ANIMALES EN TU JARDÍN

LAS SERPIENTES

por Genevieve Nilsen

TABLA DE CONTENIDO

tadpole en español

PALABRAS A SABER

amarillas

anaranjadas

azules

grises

rojas

verdes

LAS SERPIENTES

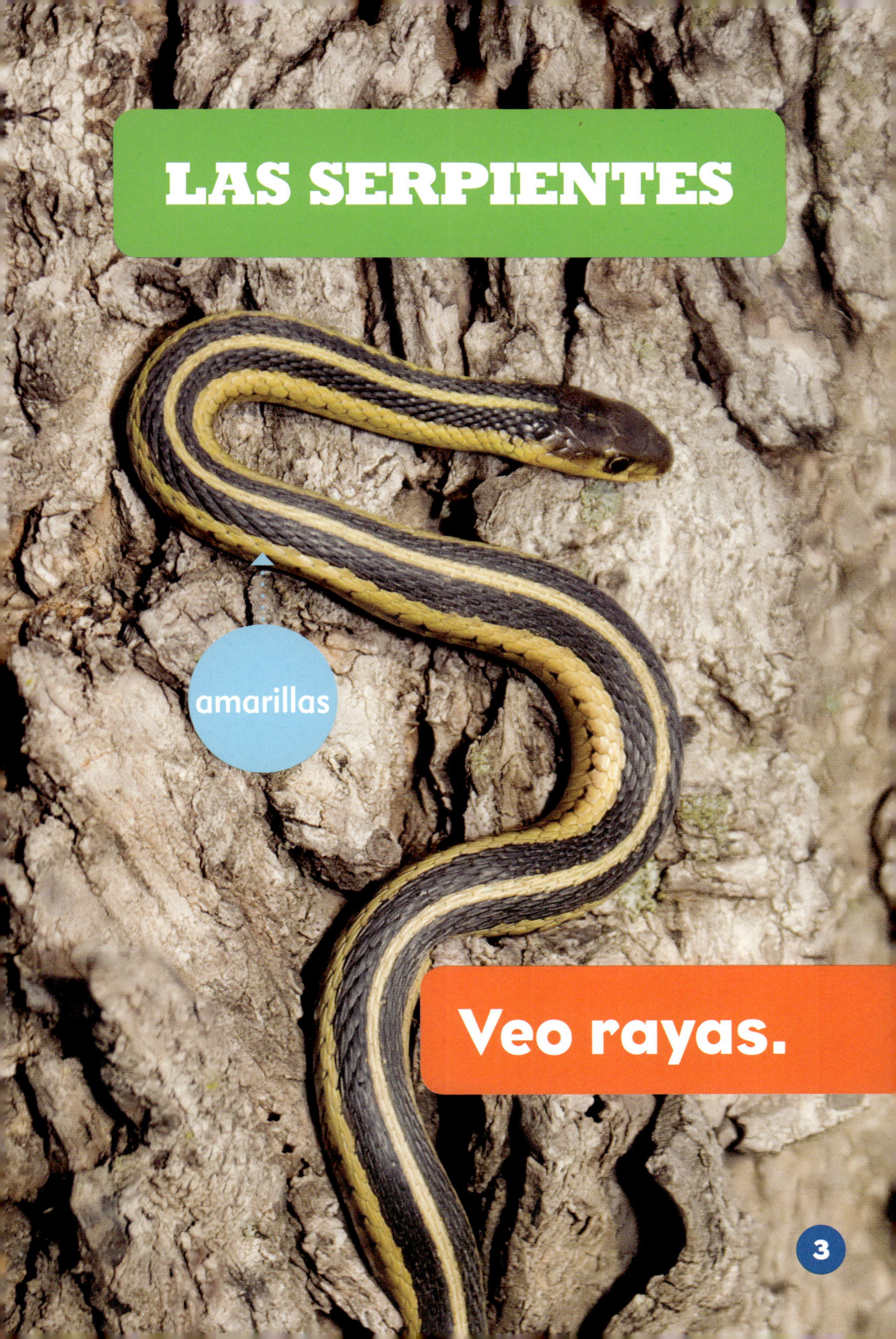

Veo rayas.

verdes

Veo rayas.

azules

Veo rayas.

anaranjadas

Veo rayas.

rojas

Veo rayas.

grises

Veo rayas.

blancas

Veo rayas.

¡REPASEMOS!

No todas las serpientes de jardín tienen rayas. ¿De qué color es esta serpiente?

ÍNDICE